34738918R00061

Made in the USA
Columbia, SC
17 November 2018